시를 읊조리는 나그네

초판 1쇄 찍은 날 | 2016년 3월 30일
초판 1쇄 펴낸 날 | 2016년 4월 6일

지은이 | 이 창 민
펴낸이 | 최 봉 석
디자인 | 남지연, 정일기
펴낸곳 | 도서출판 해동
출판 등록 | 제05-01-0350호
주   소 | 광주광역시 동구 문화전당로 23(남동)
전   화 | (062)233-0803
팩   스 | (062)225-6792
이메일 | h-d7410@hanmail.net

값 12,000원
ISBN 979-11-5573-050-8 03810

시를
읊조리는
나그네

70 종심從心에 과년한 딸을 출가 시키는 기분이다. 지난 3년여 동안 시를 읊조리고 새겨 보았던 작품들을 모아보니 서너 말가웃은 족하다.

그 가운데 70여 꼭지를 추리고 빈 데를 이모저모 나누어 다시 깁고 다듬었으나 여전히 부족함이 많다.

그래도 나름대로 차려놓고 보니 팔불출 같이 크게 밉상은 아닌 듯싶다.

명색이 시인이랍시고 문단에 등단하여 아쉬우나마 작은 위로는 될 듯싶다. 지인들께서 심심파적으로 읽어주셨으면 하는 심정이다.

평소 시를 읽고 써보지만 항상 시 앞에서 겸허하게 마음을 열고 공경스러워야 마땅하다고 생각한다. 그러한 마음의 채비가 없으면 노자老子 도덕경道德經 正心修己편에 "心不在焉(심부재언)이면 視而不見(시이불견)이요 聽而不聞(청이불문)하고 食而不知其味(식이부지기미)라"(마음에

없으면 보아도 보이질 않고 들어도 들리지 않고 먹어도 맛을 모른다)는 말이 있다. 모든 시들은 이러한 정성에 보답한다.

본디 시인이란 별 흥미를 못 느끼는 하잘것없는 글 몇 줄에 자신의 심혈을 기울인다. 그럴만한 곡절과 사연이 있기 때문이다 그러므로 그 절실함에 우리는 겸허하게 눈과 귀를 기울여야 하는 것이다.

年滿하시면서 후학들에게 당근과 채찍으로 독려하시며 여기까지 이끌어주신 故 瑞隱 文炳蘭선생님영전에 머리 조아려 깊은 감사드리며, 나를 입문 시킨 시조시인 이구학 지우, 짬짬이 편집을 도와주신 초당대 박일훈 교수에게 머리 숙이며, 데면데면하고 살갑게 못해준 내 사랑하는 아들 지훈, 며느리 현숙, 아진, 동호 귀여운 손자들 그리고 오욕칠정 건디며 내 곁을 지켜준 내자 오성례 여사에게 사랑한다고 평소 하지 못한 말을 전하고 싶다.

|차례|

제1부
꿈 많은 시절 이제 다 비우고 나그네길 가노라

제2부

고향 찾아 왔건만 하마 추억은 기다리지 않고

제3부

정원 한 구석 겨우내 숨었던 꽃들 꺄우뚱 웃네

제4부
詩(씨)앗 사랑방 향기 품어 文客들 청하고

꿈

많은 시절
이제 다 비우고 나그네길 가노라

나그네 독백

바람소리 늘 흔적 없고
나뭇잎만 흔들

구름 지나는 길 없고
산새들만 훨훨

기약 없는 나그네
청하는 이 없어 머쓱

자꾸자꾸 오는 비
이리저리 갈길 몰라 뱅뱅

오가는 이 붙잡으려 해도
엽전 한 푼 주머니 달랑

허허한 쓸쓸함이라도
풍류 벗 삼아 시 한 수 꿀꺽

바리바리 바릿짐
이곳저곳 비워 놓고

이제
빈 마음이라도 얼른 껴안고
왔던 길 어서 가야지.

감꽃 가슴앓이

감꽃 떨어지면 잠시 서러움에 빠진다
감꽃 목도리랑
감꽃 반지랑
감꽃 손에 휘감고
가신 임 찾아 온종일 발이 헤진다

감꽃 떨어지면 몸 살 앓는다
감꽃 입에 물고
감꽃 되씹으며
감꽃 뒤 안고
가슴앓이 그리움으로 온종일 어깨 한다

감꽃 떨어지면 감꽃같이 눈물진다.
감꽃 소년
감꽃 첫사랑
감꽃 순애보
감꽃과 함께 스르르 지쳐 잠이 든다

감꽃이 떨어지던 어느 으스름 봄날
감꽃이랑 만난 소년이
감꽃 마지막 되어
감꽃 한 움큼 쥐어주고
감꽃 쥐고 빨간 놀과 그렇게 아주 갔다.

하늘나라 우체통

번지수 엉뚱하게
덩그렇게 자리한 하늘나라 우체통이
5월의 고통처럼 빨간 피울음을 흘리고 있다

천년, 만년이라도 기다릴 수 있다고
고이고이 새긴 사연
너울 집배원에게 재촉하는 읍소

한번만, 꿈에서라도
만남을 피울음 통한하는
하나님, 부처님, 울부짖는 허공 헤매는 메아리

해찰 잦은 조물주
더 이상 손사래 처도
마냥 가슴속을 쓰다듬으려 밤새는 사람들

운무 희부옇게 뒤덮인 팽목항
보일락 말락 희미한 기척이라도
슬픔 담고자 기를 쓰고 까치발 모은다

세월이 세월 속에 세월 호에 함몰되어
피지도 못한 꽃 몽우리
바람 따라 물결 따라 나그네 된다

가슴에 파묻은 어린 잔영들을
몇 번이나 꺼내 묻어야 하나
임 잃은 두견새 피울음 되어
온 마을에 돌림병처럼 번지고 있네.

자풍리의 추억

자풍리 신풍 뜸마을
우정 나뉜 그 언저리에서
얼음 설핏 뜬 막걸리의 내음새가
먼 전설 같은 추억으로 아슴푸레 떠오른다

쌍갈래 머리 묶은 영자 가시나
어멈에게 들켜 새벽 뒷담 넘다
하수구에 빠져 버린 경조이야기

황금동 어느 카페에서
앳띤 아가씨, 팝송 정신 잃어
식음 전폐 머리 싸맨 충수 머슴아 가슴앓이

시 나부랭이 쓴다고
검은 벙거지 베레모 머리 얹고
시집 끼고 천방지축 나대는 작가 넋두리

신풍 자당님의 근엄한 기침소리에
암흑이 되고 화려한 스크린은
하얗게 3막을 내린다

자당님은 어이 가시고
동무들은 어디 있을까

바람 물어 거기 가면
자풍 뒷방 호롱불 풍정은
예대로 가슴속에 남아 있을까.

봄날의 추억은 애달프다

이 봄비 그치면
수줍게 다가서는 봄꽃이
첫사랑처럼 살며시 기대고
설렘만 남기고 금세 떠나간다

언제 그랬냐는 듯
어김없이 또 찾아와서
그리움만 남기고 훌쩍 가버린다

꽃잎 분분 날리고
발자욱에 짓무른 아우성
즈려 밟고 가심 안 되나

그래도
당신이 남긴 화심花心
내년에도 행여나 돌아올까
추억의 세레나데 고이 간직할거야

해마다 이 봄비 오면
어김없이 한세월 갔다가 어찌 와서
애잔한 만 주고 가는 슬픔
가슴 가득 앙금 겹겹 하겠지.

외 로 움

외로움
혼자가 외로움이 아니다
당신이 있어 그것이 외로움이다

외로움을
느낀다는 것은
외로움 인 줄 알기 때문에 더욱 외로운 것이다

외로움은
혼자 오는 것이 아니라
각자 혼자 가기 때문이다

외로움은
내 마음속에 허허로움이 아니라
속을 비우지 않는 목탁의 울림이다

외로움은
우리 일상의 또 다른 삶
마치 종착지 없이 가는 여행이다

불울 켜면 낮의 연장
불울 끄면 밤의 지속
그래서 외로움이다.

첫눈이 내리는 광주

빛고을에 첫눈이 내렸다
흑석동
주남마을
그리고 금남로에도

지지난 10월 낙화된
노란 은행잎에
허연 생체기로
덧칠하여 뭉개져 있고

사제의 넋두리(?)도
백만이 넘었다는
음습陰濕 한 아웅다웅도
지사志士 의 긴 한숨소리에 묻혀 져 간다

더불어 목마름 하는 아우성 소리
천안함의 넋들의 못 다한 한
이전투구 하는
우물 속 청개구리들

5월 분수대 깊은 곳으로 녹아들어
승화된 배려와 아량으로
적대적 공존을 어깨 하며
그리하여 공멸의 길로 접어들지 말자

이젠 산산 수수, 바람 따라 구름 보듯
세월가면 때가오고 그 날이 오듯
기다림의 미학은
민초民草들의 몫입니다.

노을이 지고 있다

노을 나이에
노을을 바라보니

노을이 되고
노을을 닮아간다

나는 이제 노을이다
빠알간 노을만 노을일까

*햇귀 뿜는 노을도 있겠지
그래서
**삿됨 없는 노을로 지고 싶구나.

---

* 햇귀 : 해가 처음 솟을 때의 빛.
** 삿됨 : 거짓이 없고 참되다는 추상적 개념, 공자가 "시 삼백 편을 한마디
  로 요약 思無邪" 즉 삿됨이 없다는 뜻

가시와 꽃

가시와 꽃이
오누이처럼 두루뭉술 어울린다

향수 내 풍기는 가시 홑이불
같이 있기에 너무나 편하다

찌르는 아픈 포옹으로
한 몸 되어 둘이 숨 쉰다

미소와 눈물 끼고
향기와 어긋남을 껴안는 숙명

생을 지그시 감고
삶을 호흡하는 자연의 섭리

애초부터 몸에 밴 자기 소유의 섭리
원죄를 갚아가는 삶이로다

예컨대
장미와 찔레꽃은 카르멘의 엇갈림일까
아카시아와 탱자는 마농 레스꼬 이었을까

아니야
그건
골고다 언덕의 예수님의 면류관일거다.

달 머 리

월두月頭 바닷가
따개비 집성촌이 지천으로 널려있고
옆걸음 보행 쉼 없이 반질반질

어제 집 떠난 갯바닥 썰물
굴 따는 아낙네 옹기종기
오늘도 떠나려나 목이 길어지네

아스라이 물색 수평선
동그마한 어구 위 갈매기 빙빙
임 잃은 애 간장 태우고

하염없는 돛단배
물결 고랑 디밀고
속절없는 낚싯대 세월만 미끼 삼네

노인과 바다같이
친구 따라 강남이나 가볼거나.

아! 유관순1

하늘 아랫녘 숨 쉼이 고즈넉한
버들 휘몰이 감도는 아우내 장터 앞마당
깃털 세우細羽처럼 허공을 맴도는데

한 소녀의 한限과 바램이 엉킨 혼백이
겹겹한 세월 흘러도
머물지 못해 헤맨다

메이지 천황賤皇, 막무가내 쪽발이 들이 밀어
분견糞犬 내 갈기고
후안과 무취가 활개 치는데

자신의 앞가슴 여미는 고통보다
임을 향한 오롯한 한마음 켜 놓고자
악 다문 입술 피 흘린 미소 머금고

아우내 장터 좁다 않고
생사 휘날리며 만방을 목 놓아 외이는
열아홉 나 어린 가냘픈 소녀열사

젊음의 낭만 저버리고
오로지 홀로 서고픈 여망을 위해
심신 내 팽개치고 하늘로 휠휠

그녀 끝나지 않는 바램은
지금도 버들꽃잎 허공에 호소하며
정신대 소녀상 바라보며 눈물 흘리네
하염없이.

염 원

너무 깊은 만추지정
가는 가을 아쉬운 것이 아니라
가버린 세월이 너무 덧없어

금남로 나뒹구는 애잔한 은행잎
나를 발견하는 몸부림으로 앙탈부린다

내년에도
이런 가을 오면
내년에도
그 세월만큼 늙어 버릴런가

내년가을은
올가을처럼 어쩜 다를지도 모르는
덧없는 희망 속에서
나 자신을 되돌아보면서

영생이나 윤회에 대한
한 가닥 믿음도 가져 볼까나
떠가는 구름 허허로이 바라본다.

농부의 슬픔

마른 참깨
스스스 쏟아지는 소리
풍년을 염원하는 배냇짓 풍년

염원의 아쉬움에 파문이 일고
겹겹세월 눈 자욱에 물기어린 촉촉함으로
늙은 얼룩 베기 뒤돌아본다

바스러지는 가녀린 농부의 눈망울
먼 산 산새들만 지줄 대는 목청으로
하는 냥 어루만지고 있다

한입 베어 소리 맑고
단맛 깊은 한겨울 청 동무
그 아삭거림은 너무도 그리울 것이다

한스럽게 토해내는
두견새의 신토불이 나랏말 목청으로
우자牛者천하지 대본 만장이 흐느껴 떨고

죽은 어머니의 젖가슴을 물고 칭얼대는
넋 놓은 어린것의 모습인양
너무 닮아 애처롭고 너무나 처연하다.

아! 산새처럼 날아갔구나

슬픔도 즐거움 인 양
언제나 그런 오늘을 살아간다
....

기뻐도 웃지 않는
아파도 즐거운 것처럼
하늘 우러러 고개 숙이며
주홍 글씨 지우지 못해
그러려니 산다

싹만 트고 꽃봉오리 피지 못하고
사르르 사그라져 버린
너무 너무도
사슴새끼 두 마리 애처롭게 그립다

목 늘려 볼 수 있다면
목이 긴 사슴이라도 되어
모두 비우고 버리고 달려가고 싶다

시간이 약이라고
슬픈 눈으로 애잔하게 포옹한다지만
사마천의 애통함으로
알을 까는 데미안의 아픔으로 살라지만

혼 불도 떠나가 버린
허허한 육신으로
가시버시 그렇게
애줄 없이 아등바등 숨 쉰다.

가을 여행

차창 밖 가을 산 녘
*노루막이 아래
노랑북새 서성이는 조락의 생체기

늦은 가을 녘
실개천 **덧물 위에
***부검지 모닥모닥 모아놓은 하얀 무더기들이
군데군데 나뒹굴고
늦사리 재촉하는 농부들의 발걸음을
****뭉뭉한 연기가 뒤 쫓는다.

---

* 노루막이 : 산의 막다른 꼭대기. 의 순우리말.
** 덧물 : 얼음위의 괸 물의 순우리말.
*** 부검지 : 짚의 잔 부스러기의 순우리말.
**** 뭉뭉 : 연기나 냄새 따위가 자욱한. 의 순우리말.

빠끔히 내민 암자 뒷마당
설익은 *똘기들이 고개 처 들고
하얀 무서리로 덧칠을 하였네

너덜덩 고개티 넘어
초가의 처마 끝에 매달린 작은 방울들
가는 세월 덧없는 아쉬움일까

누님을 기다리는 국화꽃 옆에서
나도 누구를 기다리는
망부석이 될까
지리산 천년 미라가 되어버린 주목이나 될까.

---

* 똘기 : 채 익지 않는 과실의 순우리말.

가을의 오후

*곰비임비 쌓이는
갓 새색시 이부자리에
맛새 바람 부비고
모다기모다기 쌓여있네

그 망한 산등이 발치아래
발그레 번져가는 불쏘시개가
찰나 간에 숯불처럼 마냥 달아오른다

껑충 큰 전나무 틈새로
키 작은 활엽수들 사이사이로
수줍게 숨어드는 햇살들이
가끔씩 꼼지락 꼼지락 거리고

---

* 곰비임비 : 자꾸자꾸 계속하여

*손돌이추위에
천년동안 하얀 미라가 되어버린 고목들
여승들의 목탁소리에 희부연 하다

자그마한 암자 아래
**솔수펑 ***목접이들이
어우렁더우렁 널려있고
화들짝 놀래 비껴서는 가을녘에
난 시나브로 가을에 채색된다.

---

* 손돌이추위 : 음력 시월 스무날께의 심한 추위.
** 솔수펑 : 솔숲이 있는 곳.
*** 목접이 : 목이 절접 되어 부러짐.

쪽빛 사랑

하얀 소금처럼 쏟아지는 별빛이
한 움큼 그리움으로 흐르며

송사리 까르르 머금은 조각
앙가슴 소중히 껴안아

고이 접은 나이테 추억
빗줄기 사이로 덧칠한다

보조개 해맑은 댕기머리
풋풋한 속 내음으로 차곡차곡

연초록 채색된 미소가
애틋한 사랑으로 여물어지고

손가락 헤이며 하얗게 지새다
이제사
조바심으로 마음 여는 쪽 들어

풋내음도 멀리
가슴 저림도 오래
시냇물 따라 흘러감도 모른 체
마냥 오늘 이고픈 이야기들

넌지시
초록 풀빛 추억 동그랗게 애타며
비로소 둘이 만났네
비오는 날에.

사랑스런 더위

움 트는 새싹 마음 열어 나들이 할 때
임처럼 다가서는 더위
삿갓 쓰고 수작 부린다

무더위 열정 덧바르고 다가와
땀 흘려 마냥 쓰다듬으면
더운 연정 흠뻑 젖어

모시 적삼 속살 내비치는 부끄러움이
연지 곤지 어울리듯
새색시 땀 내음 보조개로 다가서며

그리움 발효 다져진 속마음
임 만나는 설렘 익어
움츠리는 마음 열어 알차게 스며든다

머잖아 낙엽 지고 눈 오면
시원, 섭섭 정나미 그립다 말고
까치 머리 딛고 꼭 한 번씩 만나자.

2

고향

찾아 왔건만

하마 추억은 기다리지 않고

귀거래사

시대 따라 점철된 인생 음미하며
곳곳에 씨앗 채비 못하고
이마에 주홍 글씨 안고 수구초심 찾아 왔다

타관살이 바람 따라 떠돌다
만학으로 깨친 시인 칭호 얻어
고향 땅에 시 사랑舍廊 열고 詩 씨앗 심으며
탯자리에 다시 내 육신 묻으리라

남산 공원 달밤에 어이 올라
추억 곳간 뒤척여도 옛 홍치는 어둠만 곳곳
그렇게 울어 대는 곤충들도 잠잠
수풀속의 돌 두꺼비도 온데 간데

의구한 산천에 귀퉁이 삭은 흑백 사진들만
허허로운 가슴 수포 되어 빙빙
그리움은 기다리지 않고
기다림은 그리워하지 않는구나

그래도 추억 되새김하면서
내 고향 아버지 품안에서 오래 오래
무은務隱이란 아호 얻어 사랑하는 내자랑
알콩달콩 부대끼며 평생 살리라

그리고
산채박주 준비 하여 옛 친구 바람으로 청請해
선인들의 혼적 쫓아 귀거래사 읊어 나누며
고고한 시향 풍기는 詩(씨)앗 기르리라.

회산지 연꽃

승달산 기슭아래
염화시중의 미소가
*윤슬 따라 노닌다

10만평의 가슴으로
3키로의 옷자락에
3일간만 미소 머금고

일연 일연–蓮 一蓮 인연으로 백년百年 세월 꽃피우는
**주무숙周茂淑이 다짐한 사랑
초의선사草衣禪師 방랑 걸음 멈추었네

---

* 윤슬 : 햇빛이나 달빛에 비추어 반짝이는 잔물결의 순 우리말.
** 周茂淑 : 송나라 시대 연꽃을 사랑한 문인.

진흙도 마다 않고
*휜조喧噪에 물들지 않는
학이 노니는 회산지

둥그스런 연화좌에
홀로 앉은 부처
흰 구름 오라 손짓 하네.

---

* 휜조(喧噪) : 세속의 시끄러운 잡음.

소쇄원

쉼 없이 담장을 넘어
저 멀리 하늘가 사라진 죽竹선상의 아리아
금세 바람타고 돌아오는 고요한 혼적

켜켜이 쌓인 선인들 체취 찾아
어제는 바람이 구름 몰고 오고
내일은 구름이 무얼 몰고 올까

돌담 쌓인 이끼 묵향 향기 내 품고
졸졸졸 흐르는 선비들의 담론
억겁이 흘러도 후광 비치네

개울가 길게 누운 글방
세속의 번거로움 범치 못하고
요리 저리 그림자 감추는 아류

문인들의 심상心想이
오롯이 감추어진 육각정 처마
경외심이 문을 열고

휘어드는 대나무 피리소리
세월 따라 인심 흘러도
의연하게 변할 줄 모르는 무위자연

소쇄원*은 우리들 마음의 고향
천개의 비파로도 그 뜻
모두 알길 없어라.

---

* 소쇄원(瀟灑園) : 전라남도 담양군 남면 소쇄원길(지곡리)에 있는 조선 중
기의 정원.
양산보(梁山甫: 1503~1557)가 스승인 조광조가 유배되자
세상의 뜻을 버리고 고향으로 내려와 깨끗하고 시원하다
는 의미를 담아 조성한 곳

교통사고 넋두리

모처럼 시간 내어 세월과 노닥거리다
엉뚱한 미적에게 넋 뺏겨

뒤따라 온 쌩쌩히 꽁무니 받쳐
코 찌르는 알코올 같이 하네

어깨 저리고
갈비뼈 실금가고

도깨비 머리 푸름 들어
링거 팔뚝 끼고 흰 가운 부여잡는다

뭘 그리 급하다고
어차피 밀려갈 흐름인데

뒤에 오는 파도에게
희멀건 거품 뒤집어쓰나

뼈 쑤시는 기상예보 필요 없고
허구한 날 내자 잔소리도 잠시

몸 아파, 마음아파, 정신 흐려
후유증 만만치 않아
허허롭게 계면스럽구나.

디지털아! 같이 가자

깊고 깊은 고뇌가
바람이 났네

조강지처 사색 몰라라 하고
희미한 흔적 없이 가물가물

초마다 변해가는 야속한 세월
느낌마저 느껴지지 않고

생각마저 무슨 생각인지
생각나면 저 멀리 까마득

바라보면 저만치 내 팽개쳐 지고
따라오라 손짓도 없네

감정 없는 더딘 발걸음
기적 없는 희미한 사색의 동굴

돋보기 찾아도 눈에 잡히지 않고
보청기 끼어도 귀걸이 어디 있나

고민도 아니
뒤처짐도 아니

여여如如한 세상사
여법如法 따라 같이 가야지.

素 心

한포기 마음으로
한포기 순수 안에서

한포기 소박함으로
순하디 순한 무욕으로 태어났다

애착도 아니
물욕은 더더구나

그윽한 향이 좋아
안빈낙도로 돌아가게

난을 가두지 말고
난을 난같이

난의 마음으로 몰입하여
그저 그렇게 자연으로 놔둬라.

로댕과 반가사유상

로댕의 생각하는 사람
우린 반가사유상

둘이는 생각하는 자세지만
느껴지는 감정은 북극과 남극의 빙점이다
카오스의 영원한 미로처럼

생각하는 로댕은 막 그려대고
반가사유는
못 그릴까 안 그릴까
사유思惟하고 싶은 마음의 표상

고민 많고 바보 같은 로댕
짠하디 짠하다
세월을 뭉칠 줄만 알지 녹일 줄 모른다

잠시간 고요하여 반가사유상
편하디 편하다
명경지수같이 마음이 맑아진다

백제의 숨결일까
신라의 섬세함일까
반가사유상半跏思惟像
다리 접어 올려 무었을 생각할까

무한無限의 깊은 사색으로 어언 천년이 흘렀으니
태산을 이뤘을까
삼라만상을 꿰뚫었을까

인간 내면을 초월한
사색의 아우라(aura)를 온 몸으로 발산하여
한 없이 넉넉하게
깨우침의 사고를 천지사방에 깨우쳐 주고 있다

반가사유상의 오묘하고 신비한 미소는
슬픔과 두려움이 어린
눈썹 몽그라진 모나리자의 자세와 어찌 견줄까

조상의 슬기와 얼이 담긴 반가사유는
우리에게 남겨준 자부심
불가사의한 영원한 숙제 그 미소는…

디딤돌 회상

걱정함을 걱정하고
근심함을 달래 주고
섭섭함을 다독 해주며
삿갓 쓰고 흘러가는 홀연한 여정

고목나무 나이테 겹겹
사은거리는 몸부림
옛일 환하게 체념하며
곰삭은 오늘 뒤돌아본다

책갈피 곱게 접은 사연 있기에
그리움이 흘러 내려 멈추지 않지만
호흡 서린 체취 있어 마냥하다

이제사 나에게도
회상하는 그대 편린 있어
눈웃음 마침표 찍는다

아득한 눈물 흐르더라도
남의 눈살 곱지 않아도
없음이 있음 껴안고
저 뜬구름처럼 얄짱없이 가는구나.

양림동 거리

사직과 양림으로 이어지는
버드나무 숲 양촌과 유림을 일컬었다.

양림동 거리에는
영혼을 외로이 가슴에 품어준다는
다형茶兄 선생님의 '절대고독'이 자리하고 있다.

유달산 보면서 교회 종소리를 온 누리에 염원하든
100살 먹은 오웬의 흔적이 담겨 있고

가을 익어 겨울 크리스마스트리로 불리우는
400살 된 호랑나무 덩굴이 터줏대감 같이 반기고
우월순 사택 오랜 풍모와 세월의 연륜을 자아낸다

야트막한 동산을 오르다 보면
소박한 비문들이 적힌 선교사 묘원이 있어
모자 벗어 먼눈을 감는다

남구 양림동 둘레길 4.5km 곳곳에
역사가 있어 전설이 되고 신화로 발 돋음 한다

그리고
다형茶兄님이 그토록 사랑했든
무등산의 호연지기가 거기에 있다.

*불무공원 사랑이야기

기다림을 기다리고
그리움을 그리워하고
보고픔을 보고파 하는

서로에게 가슴 저민 정과 한
겉으로 보기엔 없었던 것 같은데
없었던 일로 하기에는 너무나 있었던 일

그것은 그때 그 시절 불무에서
그들만이 아는 일

이제 물어 무얼 하리오.
사랑이 끝난 다음에야 사랑을 기억하는 것을.

---

* 불무공원(佛舞公園) : 전남무안읍에 위치한 공원 이름.

불무공원 겨울이야기

겨울향취 잠시 머문 숭달 텃골
살포시 야밤 파고들어
하얀 석가모니 춤사위 들렸네

숭달산 상고대가 어찌 하산하여
눈빛요정 속옷으로 연지 곤지 찍어
들러리 조연들 살풀이 어깨 끼며

태초의 처녀림을 범하려다
눈 위 발자국 들켜서
에둘러 눈보라로 몰아치는가

계절 설익어 눈물 찌꺼기 될지언정
나 기꺼이 불망不忘의 기다림으로
한 조각 영혼 꿔 맬지언정

팔각정 솟대 홀로 남아
오신님 벗 삼아 세월 쓰다듬으며
세세 연년 기다리며 지키리라.

이 슬

그리움 하나 줍는 추억
풀 섶 위에 오늘도 살며시 기대며
영롱한 추억 잉태한다

동그란 사연 담고
동그랗게 엿보며
둥그스레이 기다린다

먼산바라기 산새들이
목 축이는 바램으로 다가와
이곳저곳 애교로 아양 부리며 입 맞춘다

아늑한 깊은 밤이면 밤마다
나그네 사연 새기며
또다시 그리움 하나 내려앉는다

원의 교태스러움으로
원을 또다시 그리며
원 없이 동심원 만들어 추억을 앙탈한다.

可 居 島

너무 멀고 험해서
오리려 바다 같지 않는
거기 있는지 조차
없는지 조차 모르는
대한민국 최 서남단 외딴섬

멸치잡이 애닲은 소리가 있고
흑비둘기 외론 날개짓이 있다
그리고
밤에는 실없는 취객들의 아스라함과
소란스러움 속에서
나는 백치가 된다

파도소리
갈매기소리

가끔
뱃고동이 나를 일깨우고
시공 속으로 마구 내 몬다

대류大陸의 닭소리가
숨 쉼을 알려 올 때
그리운 지우知友들의 기억 속에서
나는 비로소 혼자임을 느낀다.

금남로 은행나무

가을엔
샛노란 은행잎 온 몸에
그렁그렁 매단다

바람 불고 서리 내리면
우수수 한순간 털어버린다

침묵의 소리
온몸으로 토해 내는 천둥소리

금남로에 한이 서린
민초의 아우성

서리 내리면
발가숭이 되어 슬픈 추억이 되어 간다

먼 훗날
염화시중의 미소가 되어
한 아름 무등을 껴안을까.

詩人의 소리

시인 갖지 않는 털털함으로
시인 같은 여운을 길게 남기는
의암 金興鎬

평범 속에서
비범을 마무리하는 은둔의 시인

잔잔하고 애간장 끊는 목소리는
거대한 심포니 오케스트라의 협주곡 같은
하늘이 내린 옥음玉音

천군만마가 몰려오는 폭풍우 낙뢰 속에
봄비가 내리고
산들바람 시원한 매미소리에
한 사발 갈증을 푼다

날마다
무등산 지산골 한 자락에
메아리치는 속삭임은
우리들 시상詩想에
한줄기 빛으로 승화 시키며

또한
가을비 추적추적 내리는
금남로의 아스팔트위에
아무렇게나 딩구는
은행잎의 낙엽처럼
애잔한 광주의 처연한 낭만이 묻어있다.

※ 김홍호 시인 시낭송회에서

깊어가는 여름

계곡도 깊어가고
마음도 깊어가며
더불어 여름도 깊어간다

풀벌레 소리 제각각
절묘한 화음
어우러짐이 편안하다

성찰의 시간들이 한발 물러가고
더위를 갉아 먹으면
깨달음으로 짙어지고

몹시 바쁜 소란스러움
녹음으로 감싸 안으며
하나 둘씩 허전함으로 즐긴다

짙은 녹음의 뒤안길
마냥 푸르러가는 잎사귀들의 성숙함이
석양 그 옅은 미소되어
그림자로 길게 자리한다.

사랑의 미로

그대
살다
힘들면
나 기꺼이 지게 되리라

그대
살다
역겨우면
나 기꺼이 광대 되리라

그대
살고 살다
죽어지고 살고지고
그림자 뒤에 어둠 되리라

그래도
원 없이 죽고 살며
그대 가는 길
고즈넉이 마중하리라.

관심이 관섭한다

달가움 없는 공전空轉
휘몰아치는 자전自轉
이제는 목탁木鐸처럼 맑아야 되는데
비움의 언저리에서 서성이고
아직도 식지 않는 오지랖 넘친다
이제 철이 들어 녹만 번들거리는
종심從心의 비탈길
푸르디푸른 욕심의 포로 되어
아직도
그 이립而立의 도토리에 사로잡혀
한겨울 달랑 붙어있는 기미낀 나뭇잎
세상 반 나누려는 거침없는 참견으로
이골 한 구석에 스스로 추락한다

몸이 가벼우면
마음도 비우고
못된 버르장머리
흰 마음, 건성으로 갈무리하여
이고 진 짐 버려야 할 텐데

저 죽을 때
무슨 묘비명이라고
지금도 주섬주섬 챙기고 있나.

3

정원 한 구석

겨우내 숨었던 꽃들 까우뚱 웃네

만리포 수목원

사계절 노래 가득 담아
오케스트라 화음으로 넓은 가슴 연다
지휘봉 휘두르는 경향 묵객들
오선지 등에 지고 오고가네

천 가지의 줄기가 노래가 되고
만 가지의 꽃잎들이 시로 승화한다

언덕위의 하얀 집
향취 한 모금 들이키면
아슴푸레 머리 맑아지고
만리포 백사장 몽유 걸려 헤맨다

눈빛 맞아 바람난
연인들처럼
이 천년의 만리포 숲에서 함께하는 이 연연함

깜찍하게 앙증맞은
새빨간 "캘리포니아 産 포피"(양귀비 꽃)처럼
마냥 안고 싶고 부딪쳐 앙탈 부려

그리운 갈피 전하지 못할 애절함이라도
하마 멀고 먼 여인 일지언정
한순간 곁 눈길 스치면서
큐피드 화살 한번 맞아 봤으면.

수놓는 여인

한 울 뜨면 춘하추동
두 올 뜨면 풍상뇌우

세 올 뜨면 희로애락
겹겹 뜨면 천지개벽

끝을 뜨면 천지창조
전부 뜨면 임의 사랑

설렘을 사색하는 여심
중년의 나이테를 그리는 미부인

바늘 쥔 그 골무 손끝
아름다움이 참 눈 부시다

꽃이 피워지고 학이 노니는 도원경
님 향한 오롯한 한 마음일까

못 다한 여인의 그리움일까
인생을 마무리하는 오롯한 자세

느림의 여유를 보자기에 아롱 새기며
손 찔린 아픔 고운 혀 내밀어

살짝 주고받는 정 나누며
미소로 마무리 한다.

고 사 리

도르르 여린 아기 손
가냘픈 주먹으로 하늘 가르치며

청정 산속 오도카니 솟아올라
자연 인양 몸 흔드네

마음 비운 이에게 한 발 앞장서고
가득 채운 이에게는 두발 뒤로

삶의 이치 터득한 도솔천 슬기
산속에서도 인기척하는 부처

오뉴월 호연지기 마시며
내 마음 속 해탈이 거기 있구나

아류 스님 멀리 내 몰아
비 오면 무성으로 한 숲 드러내고

하나 꺾으면 두 개 껴주는 우수리
아낌없는 보시의 마음이런가.

짝사랑

나는 외로움 너는 그리움
잊지 못해 애간장 타는 마음
날아가는 새들의 깃털에 새길까
바람 따라 흐르는 구름 속에 담을까

흘러가는 은하수
오작교 까치에게 노둣돌이나 부탁하여
하소연 할까

하마 멀리
하마 오래
까마득한 그리움 그대로일까

한없는 마음
가없는 테두리지만
어이 홀로 외 사랑일까

눈멀어 마음 멀어
不忘의 애태움을
그대 언저리에라도 전할 수 있다면

나 기꺼이
껴껴히 내 저치고
습지처럼 스르르 채색되고 싶어라.

*花山 문학관

야트막한 산길
구불하게 산 돌고 들 넘어 가면
아우라(Aura) 아우르는 시詩 노다지 눈이 부시네!

만여 명의 시의 정령들
각기 각기 호흡으로
오가는 눈길 채근하며 발길 유혹한다.

고전, 현대, 한시 등
한다하는, 내 노라 하는 임들
농밀 익어 천지간 시향 내 풍기며.

큰방, 작은방, 문간방, 이방, 저 방, 방 같은 방에서
꼿꼿이 허리세우고 가지런히 길게 누워
머리카락 보일까봐 꼭꼭 숨었네

---

* 화산문학관(관장:임채진)은 충남 천안시 동면 화계리108번지에 소재.
  저자가 친필 서명한 시집 만여 권 등 3만여 권 이상 소장하고 있음.

백여 년 게미 깃든 향취
십여 년 곰삭은 정취
갓 구워낸 풋사랑 내음새

친필 뚜렷한 흔적 손때 풍기며
책 넘어 건너 빼곡하게
자음 모음 정갈하게 문학관을 지키네.

수줍은 사랑

새악시 첫날밤
뭐가 부끄러워 수줍게 스며들듯
어둠속으로 미미하게 숨을까

보일 듯 말듯 촛불과 달빛으로 변신할까
눈에 보이듯이 손으로 느껴지는
두려움과 환희

너 안에 나가 있고
나 안에 네가 숨쉬고
내 호흡이 곧 내 세포이고 싶다

어둠도 때론 공포가 아닌
너무나 가까운 편안함으로
다가가고 싶은 안식처이다.

吳씨와 李씨

그 집에 李가와 吳가가 살고 있네
어느 봄날 새벽녘
가시버시 정답게 오이 씨앗 잉태하여
때 맞혀 꼭 닮은 오이 주렁주렁 태어났네

그들은 아웅다웅
왜 이오가 아니고 오이일까
예부터 버시가 먼저인데
지금은 가시가 앞장설까
오이가 *오이忤耳로 들리나

남잔 앞 만 보고 덩굴 따라 살았건만
여잔 뒤치다꺼리 섬기며 노란 꽃피웠건만
세상 이치 나만 몰랐을까
모르는 이치 더 배워야 하나

---

* 오이(忤耳) : 충고하는 말이 귀에 거슬림.

오가와 이가는 티격태격
오이 안주 만들어
이오 반주 곁들여 둘 다 곁에 두고
단꿈에 푹 빠졌다네
그 뒤 삼식이는 너무도 편했다네.

우리 집 정원

며칠 전부터
아침마다 눈 마주친 교감 익어
드디어 여기저기 새빨갛게 실눈을 뜬 장미

성벽 속 파룻파룻한 가시 창 투구 사이로
밤새 이슬에 시달려 눈물방울 흘리며
지켜낸 보람이 아침 햇살 마중 하네

겨우내 삶과 사의 틈바구니에서
천지창조 전설이 피어나는
우리 집 정원

철쭉꽃, 목련꽃, 하얀 동백꽃, 그리고 들꽃들
여기저기 태초의 아우성으로
오늘 아침 고개 내 미네
더구나 땅속 두더지도 고개 방긋

새아씨 수줍은 미소들이
초야에 속옷 벗듯
그렇게 연지 곤지 곱게 찍고
시샘하듯 선보이네

망부석의 한이 된 주목 같은 놈
동지섣달. 문풍지 가늘게 떨어 모가지 길어진 놈
열릴 듯 닿인 문으로 눈알이 돌아간 놈

체념 걷어낸 먼 기다림의 아픔으로
이제야 청천 하늘에
그대 임 마중 함초롬히 웃고들 있네.

후배의 삶

삶의 외로움 나누는
목마른 어느 길목에서
너의 삶의 궤적을 구 하고자
이리도 간절히 발돋움 한다

깨끼발 까치 걸음걸음
애 태우며 너를 무척이나
닮아 가고픈 몸부림은
정녕 *지란芝蘭의 향기 이었을까

이순을 훨씬 넘은 당찬 몸가짐
세파를 헤쳐 나가는 지혜로움은
태초의 슬기를 배웠을까
애초부터 타고난 **항심恒心 일까

---

* 지란(芝蘭) : 芝蘭之交(깨끗하고 맑은 벗 사이의 교제의 관계).
** 항심(恒心) : 변하지 않고 항상 똑같은 맹자의 말.

주위의 시선은 애시당초
아예 당당해하는 위풍과 끈기는
암초를 없애려는 등대 불

너를 닮고프고 닮아 갈려는 애태움은
한낱 너무 먼 곳의 바램일까
한 모금이라도 그냥 들이켜
삶의 카타르시스에 전율하고 싶다.

- 삶의 생활태도에 감읍하며 사랑하는 永南후배에게 드림 -

나이테 소묘

30여 년간 모닥모닥 모은 끄트머리 우정
동심의 사랑채로 훌쩍 걸러 쌓아 세운
정해丁亥생 들 나이테 전설이 여기 있노라

꼿꼿한 학사장교 허우대 부부
남부러운 잉꼬 한 쌍
시샘에 자리마다 부러웁고

예사롭지 않는 포스
뒤우뚱 거들 먹 걸음걸음
어디이건 한몫 다하는 무등골 터줏대감

하나는 절대 둘이 될 수 없고
아류에 채색 아니 되는 밋밋 머리 박사 두뇌
빛난 먹구름 언제나 찾아올까

포장마차 연연한 낭만에 추억 잠기고

좁다 팽개치고 우물 벗어나며 한 마디
"어떻게 살아온 내 인생 인가" 라는 군화 사나이

아는 것은 하늘 높아 못 뛰고
땅에서는 갈 길 몰라 헤매며
육회안주에 소주한잔 인생 달래는 딸 딸 딸 친구

셈본, 산수, 수학 섭렵하고
지금도 숫자 찾으려고 바빠 살이 안찌는
오지랖 태평양 같은 살가운 지우

정치스러운 제스처 항시 내 품어
목사골 좁다하고 걸음걸음 몰고 다니는
탯자리 곰탕 원조라고 폼 내는 나주 탯자리 주춧돌

기업체 임원 아직도 미련 젖어
주경야음 제 몫 다하는
컴퓨터 내자 손안의 집념의 생활인

남자, 남성, 남편 男은 필요 없는
한과로 세계가 좁다고 넘나드는
제주 만덕여사 같은 여장부

지가 무슨 거사라고 즈그 고향 내려가서
무은務隱이라고 호까지 바꿔 치기한
자칭 삼류 시인이라고 떠드는 작가 스토리

여보게, 친구들아!!!
안을 비운 목탁처럼 청아하게
주렁 막대기 서로서로 의지 되어
덧없는 여생 *연리지, **비익조처럼
살 세나 그려!!!

---

* 연리지(連理枝) : 다른 나무가 허공에서 만나 한가지로 합쳐진 찰떡궁합 나무.
** 比翼鳥(비익조) : 암수 한 쌍이 눈도 하나, 날개도 하나인 전설속의 새.

절라도 땅으로 얼릉 오랑께

오매! 환장하게 맛있구먼. 잉!
허벌나게 한상 차린 거시기 머시기
살랑살랑 울긋불긋 사시사철 하늘, 땅, 바다가 놀고
지글지글, 폴닥폴닥, 바삭바삭 남원 사또 잔칫상
한줌 엉덩이 몰고 다니는 손 맵시

"꽃열매, 꽃안주를 먹고 나니 꽃마음 만발하여
춤을 춰도 꽃춤이요, 노래해도 꽃노래라"
(최명희 선생님의 '혼불'의 한 구절)
꽃안주 먹고, 꽃주 마시며, 꽃춤 젓가락 장단에
연분홍치마 봄바람에 저절로 휘날리네.

흑산 홍어, 돼야지고기, 김치 삼합 코끝이 찡!
꾸무럭꾸무럭 무안낙지 탕탕이 소가 기운내고,
1월에는 도미, 2월 가자미, 3월 쭈꾸미, 4월 병어 요!
5월 농어, 6월 숭어, 7월 민어, 8월 꽃게, 9월은 전어 라!
10월은 세발낙지, 11월 삼치, 12월은 아귀찜이라네.

쩍쩍 입에 앵겨 달라붙는 사계절 게미 숨어
뱅뱅 감도는 혀끝에 뭐가 그리 아쉬울까
입안에 대롱대롱 매달려 앙탈 부리며
풀듯 말듯 끝내 헝클어진 사무치는 맛 내음
후각이 미각을 눈웃음치며 식욕으로 유혹하네.

꼬스름, 달콤, 매콤, 시큼, 짭짤, 오감이 한입
무등산막걸리, 소맥燒麥에 젖어 어찔어찔 얼얼
남도문우들 시시詩詩껄껄, 남녘 한량들 수다 온 가득
떠들고 까불고 낄낄대며 자정 넘어 세월 넘겨
오늘도 속절없이 시간 가는 줄 모르네.

광주 금남로 롯데백화점 뒤편 여걸 황영자 주모
기분 내키면 술청 안을 흐느끼듯 감싸며
한가락 노랫소리로 흠뻑 적시는 절라도땅.

가을 이야기

갈매 빛 휘 감아 도는
고스러진 벌판
푸새 밭 위에
가장자리를 오가며
고추잠자리가 노닐고

가을의 흔적들이
알찬 생체기 남기며
내일을 꿈꾸며
겨울잠을 준비한다

먼 해거름녁
불그스레한 실개천이 흐르고
송아지 어미 따라 보채며
하얀 숨소리 정 겹다

가을갈이 둥시렇게 싸놓은
하얀 무더기 사이로
얼핏 보이는 초추初秋가
영글어 간다.

바우재 鶴里 시인께

호롱빛 일었던 바우재
반가운 추억 깃든 한 아름 바우재
무지개 뭉개 피어나는 바우재

거기에는 코 흘리며 가난텡이 고팠던
꿈을 엮어가는 소년이 있었다

집성촌 타성박이 소작배기 죄송하여
감사 조아리며 반딧불 친구삼아

일곱 명의 순리를 연명하려
주경야독 연필 침 바르고
꿈을 키웠든 소년이 있었다

이제 이순耳順지나
아호 학리鶴里 시인되어 세상살이 낭송하는
언어의 유희로만 그치지 않고
맛난 말의 전도사로 태어나
세상을 노래하는 공옥동 선생

평생 바우재의 기 받아
은혜로움 잊지 말고
바우재의 추억의 지킴이로
환한 빛 되시옵소서.

※ 鶴里 공옥동 시인의 시집발간을 축하하며

증도에서

아슴푸레 휘감아 도는 먼 수평선
하얀 운무 에둘러 포말 앞 새우고
자기 자린 양 슬며시 어깨 낀다

흘려 밀려가는 추억의 편린이
희부연 하게 *가뭇없는 상념으로 편승하는
부산한 게들의 한마당 갯벌

먼 바다 지아비 시야 붉어지고
행여 거친 파도 너울 일까 사뿐사뿐
한숨도 바람일까 조마하는 증도 지어미

아스라한 사연들이
하얀 거품으로 기포하며
흔적 없는 무덤 되어 사라지네

---

* 가뭇 : 보이던 것이 보이지 않거나, 알던 것을 아주 잊어 가물 해짐.

고즈넉한 가을 한 켠
마을의 전설들이 스멀스멀 피워 오르는
추억 속으로 스르르 채색된다.

비를 마중하며

이 비 그치면
그님 오시려나
가던 길 따라 오시려나

강나루 먼 어덕 넘어 사랫길 돌아
오가는 비 나느네 하듯
사뿐사뿐 고운 발 하마 오려나

비 따라 떠난 여정
쌓인 회포 흔적 더듬어
그리움 갈증 앵겨 주고 또 가버리실까

포도동 날갯짓 산새
비 눈 맞아 떠남 후회하며
이토록 이 비 그치면
산허리 돌아 휘어 오려나

이 비 그치면
미운 듯
고은님
오롯이 옛 체취 더듬을까
어서 창문 열어야지.

- 2015년 비오는 어느 봄날에 -

꽃무릇

꽃 한 송이
꽃대 하나
외로움으로 짝 이룬
삭여내는 가련한 상사화

꽃은 잎을
잎은 꽃을
그리워한다는 꽃무릇
애틋함을 사모하는 화려함

속세스님과 절개여인이 넘보지 못하고
애간장 마음으로 간직하는 나르시스
호젓한 붉음으로 애타며
고독의 찌꺼기만 너풀거린다

바람 불면 다가가고
빛 비추면 부끄러워하며
재갈거림으로 서로 만나는 나그네들
하나인 듯, 나뉜 듯

오늘도 전설처럼 오르내리다가
스토리 제각각 간직하며
주전부리 주워 담고
오고 가는 발걸음 멀어진다.

하얀 고무신

섬돌위에 가지런한 하얀 순애보
나갈 때 눈에 익이고
들어올 때 주워 담아
있으려니 기억 짐작하고
사립문 여니 마음 아늑하다
흐트러지면 마음 앓을까
행여나 안보이면
초조함 마음이나마 기杞나라 우憂공의 마음
희고 까칠한 세월로 에우는 편안함
가득 안으면 못 다함 흘러내리고
닳아진 매듭마다 후회 없는 안쓰러움
땟자국 아예 흠집 없는
하얀 옥색 이끼만이 눈부신 자태
그늘 속 숨어 숨 쉬고
아쉽다 않고 눈웃음 잃지 않는
세월 곱게 잔주름 다듬은 미모

아직도 아늑한 분장
차마
바람이라도 곁으로 기웃거릴까
잔기침이라도 친해질까
조바심치다 누가 볼까 곁눈질.
반평생 들숨 날숨 고루 나누며
앞 뒤 갖춤세. 챙겨주는 배려
줄지어 날아가는 편안한 철새들
이 겨울 따사한 양지가 그리 좋다

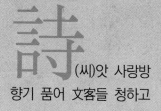

4

詩
(씨)앗 사랑방
향기 품어 文客들 청하고

詩(씨)앗 사랑방

남도 무안 승달 기슭아래
풀집草堂 건너편 종잣집 하나 있어
새싹 시향 온 누리 퍼진다

은인자중 詩(씨)앗 키우는 문우들
오순도순 한데 모아
다듬고 손보며 사랑舍廊 속삭인다

흘러가는 저잣거리 마음 나뉘고
순수와 참여 가없이 아웅다웅하며
이태백, 김삿갓 선인들의
흔적 쫓으려 고개 꺄웃한다

그저 깨는 우암이
어제는 송강정철이 들렀다 가고
오늘은 황진이 찾는 날
그리고 내일은 다형茶兄 김현승 선생님 오신다나

모시적삼이라도 다려 입고

마음 정갈히 여미

어서 산채박주라도 준비해야 겠다.

게미 깃든 銀江

숫을 대문 들어서면
꽃과 나무가 보듬어 잇고
정情에 겨운 미소가 고랑을 타는
전남여고 휘어드는 골목 귀퉁이 은강

객이 주인이 되고
주인이 객이 되는
아兒들의 잦은 목소리에
정제안의 게미 깃든 손썰미가 마냥 바쁘다

끼 있는 나그네,
알음알이로 가고오며 들려
북, 장구치고, 붓 휘돌리고, 앵글 돌리며
모두 모두
주저리주저리 읊조리고
마냥 온 몸을 예藝로 담근다

기약 하는 사람
기약 없는 사람
그저
지나, 오며가며 한잔에 스며들어 신명 불 지피는
전라도 따스미가 강물처럼 흘러넘치는
장동의 옛 돌팍집.

礒尾마을

남녘 아랫녘 진도 여미마을
돌들이 이름 지은 돌 꼬리들

맘씨 고은 넉넉함으로 넘쳐나
삿갓 쓴 묵객 나그네들 발길이 잦다

항도, 유금도, 좁은 섬들이
조가비 한 무더기 이마 마주 대고

좁은 섬에 좁은 마을들이 좁게 붙어
남도 한끝에 가락지 끼고

옹기종기 정 나누며
파도 한가락 너울 한가락 박자 맞혀

검정고무줄 기다랗게 늘어 뜨려
나룻배 기스락 주고받으며

양발 모아 하늘 치올라
내 땅 네 땅 하염없이 건너뛰네.

무등산

파란 하늘
눈꽃으로 뒤덮인 광주 무등산
둘이 만나 기적을 이뤘다

녹두장군의 대동大同정신으로
지위와 높낮이 없이
겸손함으로 다가서는
광주 광주 사람들

산을 오르는 것이 아니다
산을 정복하는 것이 아니다
하나의 풍경에 묻히기 위해서다

중복 갈대밭은 화선지 가득 채운 작품이다
눈이 되고 바람이 되고
다시 무등산이 되는 천혜의 조각이 된다

입석대는 누가 구상하고
누가 일으켰을까

모양마다 크기마다
서로 만나고 마주서고 서로 부빈
형태마저 다르지만
서로 서로 꼭 껴안고 있다

겨울 광주는 무등산
무등산의 겨울은 광주.

동동주가 있는 民俗村

조선 정조 대왕
미륵당 고개 넘을시
지지대 고개라 하였던고!
사도세자 아비 혼백魂魄을 뵙고자 하나
왜 이리 걸음걸음이 늦는다고 해서

권선동 성당 저 맞은편
지붕 위 항아리 만치
하고 많은 추억들이 주저리주저리 엮어 있고
선인들의 정취와 멋들어짐이
허수아비같이 자리한 민속촌民俗村

거긴
동기간 같은 담양 댁의 화사한 미소가 널려있고
정갈스런 전라도 여인네의 손절미가 마주하고
그리고
그립고 정겨운 우리들을 기다린다네!

더불어
참살이 순녹두 부침개가 항시 있고
밥풀이 둥 둥 미역 질하는 동동주가 지척에 있고
코흐름에 마냥 젖고 푼 알싸한 흑산 홍어가 있네

기약 있고 없고
그저 지나
오고가다
한잔 걸치고 혼불 지피는
남도南道의 아늑함이여!

봄의 정령

봄이 제일 먼저 오는 곳은
산도 아니고, 강도 아니고
지천으로 가득한 꽃들을 찾는
사람들의 발길이 머문 곳이다

겨우내 움츠렸던 기지개를 켜며
망울망울 내민 눈동자
그 언저리에 소리 없이 봄을 손짓하며

개나리, 진달래, 산수유, 매화, 벚꽃
그리고 키 낮은 무명의 들꽃들
켜켜이 펼쳐지며 야금야금 스며든다

기지개를 펼치는 추임새로
나무 덮어, 골짜기 덮어 세상을 독차지
화사함으로 유혹하고 있다

특히 산수유는 머잖아
온 누리를 노란빛으로 채색하여
봄의 영혼을 독차지하고
생명의 오묘함으로 다가든다.

플룻 부는 少女

휘몰아치는 천상의 화음和音
무저갱에서 흐르는 꽃들의 이야기
쉬임 없이 사랑을 갈구하고
열정을 호흡하는
저 소녀의 눈빛
그는 정녕 하늘의 여인인가

목마름을 갈구하는 깊은 하소연 속에
활화산 같은 감정을 자제한다.

치솟아 오르는 삶의 환희에
온 세상을
그대는 정녕 마리아 인양
너와 나를
그리고 모두를 아우렸다

플룻의 소녀야
하늘의 요정인가
땅의 신기루인가
심금과 세상을 노래하는 구나

생사를 오르내리는 심유深幽함 속에
생로병사를 넘나드는 섭리로서
달 아래 은파로 부서지는 고운 물보라.

- 형지 조카 플룻 연주회에서

막걸리 찬가

투가리 부딪치는 소리
툭
그리고 카와~

막걸리가 좋다
사람의 목소리를 들을 수 있으니까

막걸리는
내가 취하고
네가 흥겹고
온 세상이 취한다

그래서
모두가 아담과 이브에게 취한다

다 취하게 하니까
난 막걸리가 좋다.

시인과 연초

세상의 시끄러운 잡음 씻어내기 위해
오늘도
한 모금 깊이 들이 마신다

부처는 눈 감고 가부좌
천년 세월 기다리라고만 하뇨
예수는 허공에 구름 타고 놀기만 하실까

너도 나도 모른 척
처신술 모두 다 참는 거라고
나의 젊음 기다리다 지쳤다
헛되이 날린 청운靑雲 어디가 찾을까

본시 하늘은 하나의 이념
너의 손을 빌려 실천하고
너의 뜻을 빌려 싸우는 것
나를 허공에서 찾지 말라

한 모금 마셨다 내뱉는 연기 속에
하늘로 하늘로 퍼져가는 시름
태우고 태우고 재가 되는 마음
허공에 뿜어 온 가슴 달랜다

몰래 숨어 숨어
오늘도
오늘도 겸허하게 주홍글씨가 된다

나에게
너에게
친구여 라이터만 빌려다오
담배대신 내 가슴 태워 올리려오.

고마움과 감사함

움과 함이 다정하네
들어줘 다정하고

주고받아 정 나누며
같이 있어 평온하다

정다운 아픔같이
다정도 병 인양

소유는 머묾이듯
산산 수수가 여법이지

비우면 채어지고
채우면 비우나니

"색즉시공 공즉시색色卽是空 空卽是色
이것이 바로 종심從心의 종착지인걸."

가을 소묘

멀리 보이는 아득한 산은 갈맷빛
가을갈이 저녁 놀 붉게 저무는 벌판
고추잠자리 늦 햇살 타고 너울너울

사랫길 논 두럭 아래
가을 흔적들이 울긋불긋
볏짚 태우는 연기 사리사리 피워 오른다

멀리 보이는 뜸마을 아래
하이얀 실개천이 속삭이고
막새 바람이
여인네 이마의 땀을 씻어준다

풍년 속 흉년이 오는 농촌
늙은 농부 그림자 지우며
덜컹덜컹 지나가는 경운기 굉음을 내고

목초더미 위로 날아가는 해오라기
뒷동산 알밤이
토실토실 익어간다

멀리 보이는 간척지
빨간 기와집이 기우뚱
들 가운데로 뻗어나간 고속도로 철책이 웅웅

지평선 끄트머리 교회의 철탑
불그스레한 저녁놀사이로
밀레의 만종이 강 언덕을 넘어온다.

영글어 가는 가을 농촌

*강담 옆 장독대
대나무 채반 가장자리에
고추들이 **볕 바라기 즐기고

장대로 떠받친 빨래줄 위 잠자리는
개개풀린 큰 눈망울 허허로이 고개 돌리며
나른한 오후를 물들인다

간간이 정적을 깨우는 워낭소리에
놀란 토끼눈 장닭
벼슬 북돋아 암탉 뒤 챙기네

---

* 강담 : 돌로 만 쌓은 담의 순우리말.
** 볕바라기 : 양달에서 볕을 쬐는 일의 순우리말.

마루 요강 옆
노르스름한 호박들이
서로서로 나이테 연륜 폼 재며
오수에 잠겨있고

절구와 절굿공이 신혼마냥 기대고
나무 평상위에 기대앉은 키가 너무 편하다

하늘 높은 늦 가을녘
만추의 그림자를 길게 내보이는
고즈넉한 고샅에
삽살개 한 마리 *흘부들 하게 걸어가네.

---

* 흘부들 : 몹시 피곤하여 축 늘어진 모양 의 순우리말.

술잔 위에 뜬 추억

시간 내어
다정한 벗 절로 익어가고
달빛 향긋한 자풍리 취흥 속에
깨복쟁이 놈들 만나 함께 나누니
흐르는 인정을 어찌 메마르다 하리오.

살얼음 막걸리
안주는 손맛 절인 새끼손가락
양념은 베트남 꽁가이, 황금동야사
그리고 주고받는 눈빛

가끔 꿈에 떡 얻어먹듯이
취기 오르면 손 전화로
못 본님 보고 싶은 냥
별주부 간이라도 빼 줄듯 주저리주저리

언제나 언제 한번 보자며
손가락 다짐하다 혀 꼬부라지고
언제 그랬냐는 듯 소식 잠잠
그래도 어찌 즐거운지

그리움이 보고픔을 낳고
보고픔이 기다림을 고대 하고
기다리면서 마냥 사는 것이
마음 설레는 인생이니까.

봄의 정감

화사한 꿈 다한 듯
연둣빛 이파리만 매달린
계곡을 따라 줄지어 선 벚나무

꽃의 흔적들이
비 내리는 산길에
하염없이 짓 밝히는 십 일간의 화려함

소나무, 전나무, 빼곡한 길섶
민들레, 자운영, 별꽃이 지천
산자락엔 취나물, 곰취, 곤드레도 보인다

갸름한 언덕배기 노란 피나물 무리
꽃대 꺾으면
손아귀에 핏물 묻어나는 산나물들

수풀 속 돌아선 연못가에
나무 깎아, 돌 쪼아 소망을 비는
하늘과 땅을 아우른다는 솟대 한 쌍

고개 치든 솟대의 눈가에 눈물이 글썽글썽
하늘을 날려하는 바램일까
원초의 죄를 사하는 후한일까

꽃잎이 서로 엮여 홀로 피지 않듯
송이 이루듯 자연과 인간은 하나
우리의 삶도 이렇듯 얽힘으로 이뤄진다.

그리움

충장로에 눈이 올 것 같아서
성 밖을 빠져 나오는데
누군가 퍼다 버린 그리움 같은 눈발이
외로움에 잠긴 어깨위에 얹힌다

보고 품을 털지 않은 체
금남로에 가로등 하나하나 켜지고
깃털 우모羽毛 보다 더 가냘프게
그리움에 걸쳐 앉는다

누군가 댕그랑거리는 풍경風磬소리를
눈발 속에 머얼리 파묻는다

궐闕안에 켜켜이 쌓여있는
내 생의 그리움
오늘에사 추억에 떠다 버린다

그리고
이렇게 눈이 내리는 날은
꼭 다시 한 번 누군가의 화살에
얻어맞고 싶다

오늘같이
광주천에 눈이 내리는 날은
정 나눈 옛 계림동 골목에서
얼기설기 얼음사리 동동 뜬 탁배기
한 사발 그렇게 그립다.

봉선화 추억

여리디 여린 청초한 아리따움
손끝도 살풋 싫어
마냥 손사래 치는 순결

먼 이국땅 원나라 끌리어간 소녀
가야금 피 흘리며 열손가락 고향 읊조리는
하마 외면 못한 고려 충선왕

봉숭아가 봉선화로 환생하여
궐 안 넋 기리는 아련한 그리움으로
여인네들 애타는 혼불 지피고

분홍 선홍 보라 하얀 다붓다붓 색다른 응어리
못다 이룬 애한으로 영글어
눈물 훔치며 살포시 손톱으로 임 마중하네

어리면 어린 대로
철들면 철든 대로
세월 가면 세월 되로

서로 다른 추억으로 아슴아슴 감싸며
새록새록 피워 오르내리는
한여름 밤의 소나기가 내려도
가없는 망부석 여태껏 모른 채 하네.

소나기에 머금은 그리움

머문 꿈 소중히
어린 살얼음은 아득하여라

눈뜬 연초록 미소
이제사 쪽 들었네

머금은 낭만이 하늘 푸르게
소나기 부슬부슬 머금은 첫사랑
해맑고 여린 소녀

이제사 푸른 봄에 만나
살포시 사랑으로 채색

젊음을 꺾어
시간이 시들어
청춘은 세월을 모른 채

주름도 아니고
흰머리도 아니고
그냥 푸른 봄이로구나

하얀 소금처럼 쏟아지는 별빛이
짜면 한 움큼 눈물 흐르는 꿈이 흐르고
그리움 젖은 솔방울에 소나기 내린다.

5월의 여유

5월은 늘 푸른 신록의 계절이다.

푸름에 채색되어 하루하루 흘러넘치지 않는 여유를 삶 속으로 동화同和시키며 무위자연無爲自然의 마음으로 유유 자적悠悠自適 보낸다.

내자內子는 5일마다 돌아오는 시골 장에 나가 고추, 가 지, 오이, 상추, 토마토나무 등 온갖 꽃모종을 사오면 새 로 만든 화단에 계절을 머금은 각종 씨앗을 가시버시 티 격태격 다투며 모자이크 식으로 아웅다웅 여기 저기 식재 하고 아침저녁 물주며 다듬는다.

그리고 집터 한구석 30m의 기다란 텃밭에 둘러진 초록 색 페인트가 칠해진 담벼락에 빨강, 노랑, 분홍색등 장미 나무를 재배치하여 지지대 고정하고 작년에 씨를 거두어 놓은 패랭이, 채송화, 등 코스모스 등을 심고 텃밭을 가꾼다.

정원 가장자리에 올려놓은 오여사吳女史(집사람을 부르 는 호칭)가 정성스럽게 크고 작게 가꾼 30여개의 각종 화 분에 온갖 꽃들이 귀염 떤 요염함으로 서로 시샘하듯 제각각 자태를 뽐 내며 보는 이의 시선을 끌어당길 것이다.

어떤 것은 정중하게, 어떤 것은 새침하게, 어떤 것은 활활 타오르며 구애 할 것이다.

내 깜냥 서툰 솜씨 내어 대나무 휘어 얼기설기 다듬은 오이거푸집을 아치형으로 이렁저렁 모양내어 지었다, 머잖아 청포도 익어갈 즈음 넝쿨 따라 주렁주렁 오이 익으면 뚝 따서 옷에 문질러 뒤편 장독대 항아리 된장, 고추장 듬뿍 찍어 고추 곁들여 막걸리 한 사발 들이 키고 그늘 베개 삼아 긴 의자에 길게 누워 틈틈이 글 쓰며, 밀린 시집 읽어 시 습작에 몰두하고 있으면, 잔잔한 희열과 아련한 울림이 스물 스물 몸과 마음에 한결 스며들어 망중한 忙中閑의 남가일몽南柯一夢 꿈꾸는 한나절 신선이 되어 午睡에 잠긴다.

한참 다디단 꿈에 고려 말 고승 나옹선사羅翁禪師가 현몽現夢하여 시 한수 읊어주고 홀쩍 떠나간다.

"靑山見我 無言以生(청산견학 무언이생)
　　청산은 나를 보고 말없이 살라 하고
　蒼空見我 無塵以生(창공견아 무진이생)

창공은 나를 보고 더 없이 살라 하네.
解脫嗔怒 解脫貪欲(해탈진노 해탈탐욕)
성냄도 벗어 놓고 탐욕도 벗어 놓고
如山如水 生涯以去(여산여수 생애이거)
산 같이 물 같이 살다가 가라 하네."

"그래 나옹선사 말대로 여법如法따라 살아야지" 하며 문
득 老子의 '上善若水' 가르침을 깨달으며 잠에서 깨 고즈
넉하게 먼 무안 승달산을 바라보면서 다시 한 번 나를 뒤
돌아보는 명상에 잠긴다.

우리 삶에서 꽃과 나무가 없으면 물기 없는 일상日常
일 것이다.
삶의 피곤함을 위로해주고 소소히 살아가는 희열을 주
고받는다.

이를테면 고통과 상처는 인위적인 손길과 위안이 필요
할 때도 있지만 아름다운 풍경을 감상하는 것만이라도 충
분히 힐링 될 수 있다는 뜻이다. 자연의 섭리와 우주의
질서에서 배우는 교훈이 더 많기 때문이다

마치 5월 25일이 사월초파일인 불기2559년 석가탄신일
이다.

연등축제는 번뇌와 무지로 가득 찬 어두운 세계를 부처님의 지혜로 밝게 비추는 것을 상징한다. 등불을 켜는 것은 어둠과 번뇌를 물리치고 영원한 진리의 광명을 밝힌다는 뜻이다. 무명無明으로 가득 찬 어두운 마음이 부처님의 지혜처럼 밝아지고 따뜻한 마음이 불빛처럼 퍼져나가 온 세상이 붓다의 지혜로 충만토록 하자는 것이다.

티베트의 고승 "달라이 라마"는 타인을 귀하게 여기는 감정이 자비라고 정의하며 진정한 자비와 집착은 상대가 나를 어찌 대하든 상관없이 그 사람을 염려하는 마음을 갖는 것이 바로 진정한 자비라 하고, 행복이란 이미 만들어진 무언가가 아니다. 행복은 자신의 행동으로부터 나온다고 하였다.

우리 정원에 심은 화초처럼 서로 간에 호감을 주고받으며 서로 간에 따뜻하게 감상을 배려하고 서로 간에 편안하게 쉴 마음을 제공하는 것이야 말로 자비와 배려 자체가 아닐까요. 꽃은 백리향百里香이고, 배려는 천리향千里香이며, 덕의 향기는 만리萬里를 가니까요.

- 2015년 어느 봄날 -

고향과 가정의 귀소를 아우르는
사랑의 정서

노 창 수
(시인 · 문학평론가)

Ⅰ. 들어가는 말

좋은 시란 단련된 청년의 체력처럼 골격의 구성과 근육의 표현으로 건강함을 자랑한다. 시인이 대상 앞에 겸허해 하고 서정을 다스림에 있어 응변應辯을 게을리 해서는 안 되는 이유가 여기에 있다. 혹독한 기후 변화에 격렬한 육체와 정신 운동 같은 인내로서 정서의 깊이를 재는 작업을 시인은 간단없이 추진해야 한다. 채탄굴의 막장까지 뚫고 나가는 탄탄한 시구를 얻어낼 구황救荒의 레시피에 절차적인 조리법이 있어야 좋은 시가 가능하다.

이번에 상재한 시집 머리말에서, 이창민 시인은 "본디 시인이란 별 흥미를 못 느끼는 하릴 것 없는 글 몇 줄에 자신의 심혈을 기울인다"고 전제하고, 그러므로 "절실함에 우리는 겸허하게 눈과 귀를 기울여야 하는 것"이라고 말함으로서 이와 같은 시심의 견고한 디딤 사례를 보여주고 있다. 그의 시는 한마디로 자연의 이법과 사랑을 추구한 가정의 중심축, 즉 부부애와 고향 사랑을 아우르는 시로 일관되어 있다. 그가 바라는 고향과 가정, 종교에의 아우라와 열정이 작품 면면에 담겨있다.

프랑스 소설가 로제 마르탱 뒤 가르(Roger Martin du Gard, 1881~1958)가 쓴 명작 『회색노트』에 나오는 바, 다니엘과 자끄는 서로 다른 환경에서 지낸 청소년기에 집을 뛰쳐나와 함께 사는 친구였다. 그들은 우정을 이야기하며, 특히 시에 대하여 몇 차례 편지를 나눈다. 티보가 출신인 자끄는 미래 촉망 받을 시인으로 다니엘에게 말하기를 "최근에 고전적 운율을 갖춘 시를 쓰려는 결심을 하고, 고향과 가정과 순교적 사랑을 소재로 매절 갖춰 쓰는 일"에 열중할 것을 전언한다.* 이 소설의 주요 모티프, 즉 사랑의 힘을 고향과 가정과 종교적 열망에 담은 자끄의 시적 편력이야 말로 이창민 시인의 시학과 일견 닮았다는 생각을 한다. 다만 자끄는 청소년기를, 이창민 시인은 만학기를 통해서 출발을 했을 뿐, 고향, 가정, 종교의

---

* 로제 마르텡 뒤 가르 · 김재천 옮김, 『회색노트』소담, 2009. pp.72-73참조. 이 소설은 마르텡 뒤 가르의 전작 장편 『티보가의 사람들』 중 첫권인 〈회색노트〉에서 인용한 말이다.

시적 질료는 비슷한 것이리라.

문학적 가치가 추구하는 것은 이른바 문체, 기지, 상징, 상상 등을 표출함으로서 일반 문화적 가치인 자연, 시대, 사회, 민족, 종교 등을 고양시키는 예술의 엔터테인먼트 영역이라고 볼 때, 이창민 시인의 시도 이와 연계하여 설명할 수 있겠다. 그가 노래하는 안빈安貧의 정서가 내면의 서정시로 작동되어 독자에게 소박한 여유의 미학을 일깨워 준다.

II. 겸허한 시선에 담은 대상

무릇 시인이 작품을 쓰는 동안은 스스로 성취를 위해 펜을 질주하듯, 시상을 멈추지 않고 원고지 속으로 누비어 간다. 이 순간만큼은 누가 뭐래도 행복한 순간이리라. 배고픈 아이에게 수유授乳하는 어머니처럼, 또는 겨울을 이겨낸 몇 이랑의 보리싹에게 퇴비를 주는 농부의 시비施肥처럼, 자연의 시를 구하는 대상에게 정서의 젖을 물려주는 모정母情은 따뜻하다. 시인은 모름지기 그 같은 건강미를 유지하기 위해 평소 이미지의 표현력을 비축하고 있어야 한다. 어디서든 시인이 자기 고향에 대한 사랑시를 쏟아낸다는 것은 자연 태생의 리듬 안에 들어가 숨 쉬고 있음을 의미한다.

　이창민 시의 절실한 사랑이 겸허의 눈빛에 어떻게 담아
내는지 몇 편 골라 살펴보기로 한다.

　　　바람 소리는 늘 흔적 없고
　　　나뭇잎만 흔들

　　　구름 지나는 길 없고
　　　산새들만 훨훨

　　　기약 없는 나그네
　　　청하는 이 없어 머쓱

　　　자꾸자꾸 오는 비
　　　이리저리 갈 길 몰라 뱅뱅

　　　오가는 이 붙잡으러 해도
　　　엽전 한 푼 주머니 달랑

　　　허허한 씁쓸함이라도
　　　풍류 벗 삼아 시 한 수 꿀꺽

　　　바리바리 바릿짐
　　　이곳저곳 비워 놓고

　　　이제
　　　빈 마음이라도 얼른 껴안고
　　　왔던 길 어서 가야지.

　　　　　　　　　　　　- 〈나그네 독백〉 전문

그의 특징인 부사어로 문장을 종료하는 기법에 의해 쓰인 작품이다. 예컨대, "흔들, 훨훨, 머쓱, 뱅뱅, 달랑, 꿀꺽" 등의 부사어 또는 부사어구 "비워 놓고", "어서 가야" 등을 종결사로 활용하는 경우다. 흔히 쓰이는 평어체로 마감하는 문장 보다 강한 주장을 주는 수법이다. 비유의 기표記標에 그 기의機宜를 장착하여 사유하는 여백을 넓혀주는 반증도 얻는다.

"풍류" 삼은 "시 한수"에서 보이는 화자의 운치는 전통적 감각으로 읽힌다. 가사문학歌辭文學의 시발격인 송순宋純의「면앙정가」俛仰亭歌와 윤선도尹善道, 이황李滉 등의 한국적 이미지가 그 연원이다. 송순은 관용과 대도를 바탕으로「면앙정삼언가」俛仰亭三言歌를 썼다. 그가 노래한 시는 자연에서 찾는 여유와 합일을 노래한 강호시가江湖詩歌가 대부분이다. 역시 물욕을 버리고 자율와 청빈을 구가하는 시인의 정서였다.* 이청민의 시법도 "풍류"로 삼은 "시 한 수"와 "바릿짐 비워 놓"은 자신의 "빈 마음"을 "껴안고" 서둘러 "왔던 길"을 다시 떠나는 데에서 이와 유사한 정한을 읽을 수 있다. 노년의 삶을 "나그네"에 비유한

---

* 송순의 시「俛仰亭三言歌」에 "俯有地 仰有天 亭其中 興浩然 招風月 挹山川 扶藜杖 送百年"(굽어서는 땅이요 우러러는 하늘이라, 이 중에 정자 서니 흥취가 호연하네, 풍월을 불러들이고 산천을 끌어들여 명아주로 지팡이 삼아 한평생을 보내리라.)
(김성기,「면앙정송순 선생의 시가와 사람간의 교량」, 한국사상문화원편, 『호남학의 세계』, 2006. 한국사상문화원, p.272참조)

것과 그가 노래하는 시를 "독백"에 부치는 것으로부터 그 특유의 인정과 겸허를 살필 수도 있다.

　다음의 시도 그러한 겸사의 유유함과 말년의 풍류가 섞인 작품으로, "노을 나이"로 환산된 삶의 달관을 "노을을 닮은" 논리적 자아로 감지해볼 만하다. 그래서 그의 시는 '건강한 노년의 문학'으로 재평가될 수 있지 않을까 한다.

　　　노을 나이에
　　　노을을 바라보니

　　　노을이 되고
　　　노을을 닮아간다

　　　나는 이제 노을이다
　　　빠알간 노을만 노을일까

　　　햇귀 뿜는 노을도 있겠지
　　　그래서
　　　삿됨 없는 노을로 지고 싶구나.
　　　　　　　　　　　　　－〈노을이 지고 있다〉 전문

　인생은 지는 노을이지만 동시에 떠오르는 노을 햇귀로 치환된다. 이 시는 "노을 나이에 노을을 바라보"는 일로부터 화자가 "노을이" 되고 마침내는 그 "노을을 닮아가는" 정서적 논조를 비유하고 있지만 속내는 "지는 노을"이 아닌 "햇귀 뿜는" 그 삿된 바 없이 떠오르는 "노을"이 되는

게 화자의 소원이다. '노을을 닮음'[기표]에서 '노을이 됨'
[기의]은 비유가 도달하는 극점이며 동시에 화자의 귀소
본능이다. 그러면서도 화자는 "빠알간" 저녁 "노을"이 아
닌 아침 "햇귀 뿜는 노을"로 환생하고픈 소망을 놓지 않는
다. 시의 묘법은 이 포인트에 화룡점정畵龍點睛처럼 살아
있다. 지는 해의 지평을 떠나 새로운 해의 지평을 열고자
하는 '부활의 정서'가 그것이다. 말하자면 프랑스의 기호
학자 베르나르 투쎙(Bernard Toussaint, 1947~)에 의해
제기된 자연발생적 재생 이법으로 구현한 이미지다. 시인
스스로 인위적 거슬림을 벗어나 '자연음'自然音에 도달한
경우라 할 수 있다. 언어학자들이 의미의 재탄생을 '원형
음소'(原型音素, archiphoneme)라고 명명하는 게 바로 그
것이다. 이 음소는 적은 활용만으로도 독자에게 새 메시
지를 주는 효과를 준다.

오늘날 유행하는 '서정시'는 과거 낭만주의를 꽃피우게
한 사랑의 한 궤적이었다. 지금은 시의 보편개념으로 통
용되었지만 '서정'이란 곧 과거 사물에게 생명을 부여하는
의미로 쓰이는 수가 많았다.* 이는 서정의 양식으로 명
명되어 '디티람보스'(Dithyambos), 즉 시에 절대 생명을

---

* 예부터 서정 양식인 '디티람보스'(Dithyambos)란 일종의 '신을 위한 찬가
(讚歌)'였으며 과거에 대한 추억의 한 노래로 보았다. 에밀 슈타이거(E.
Shuetiger)도 자아와 동화에 리듬, 정조, 분위기 등이 시인이 지나온 대상
에 생명력을 구가하는 역할을 한다고 보았다.

넣어주는 태생의 회귀回歸로도 일컬어진다. 이창민 시인이
살아온 "노을"의 비유는 또 다른 현실적인 "햇귀"와 같이
재생의 회귀 의미로 발전한다.

> 가시와 꽃이
> 오누이처럼 두루뭉술 어울린다
>
> 향수 내 풍기는 가시 홑이불
> 같이 있기에 너무나 편하다
>
> 찌르는 아픈 포옹으로
> 한 몸 되어 둘이 숨 쉰다
>
> 미소와 눈물 끼고
> 향기와 어긋남을 껴안은 숙명
>
> 생을 지그시 감고
> 삶을 호흡하는 자연의 섭리
>
> 애초부터 몸에 밴 자기 소유의 섭리
> 원죄를 갚아가는 삶이로다
>
> 예컨대
> 장미와 찔레꽃은 카르멘의 엇갈림일까
>
> 아니야
> 그건
> 골고다 언덕의 예수님 면류관일거다.
>
> — 〈가시와 꽃〉 전문

모순된 매재媒材와 피매재被媒材의 관계를 비유적으로 승화시키는 기법은 현대시에서 두루 쓰인다. 비유된 "가시와 꽃"의 관계는 이질적이고 모순된 사물이지만 한 몸을 이룬다. 때문에 화자는 "가시와 꽃이 오누이처럼 두루뭉술 어울린다"고 말한다. 두 존재는 서로 "찌르는 포옹"을 하지만, "한 몸 되어 둘이 숨 쉬는" 그래서 공존의 뗄 수 없는 운명적 관계이다. "미소와 눈물"을 표정에 "끼고" 있는 사이, "향기와 어긋남" 역시 "껴안은" 그래서 얼핏 모순되어 보이지만 늘 함께 하는 "숙명"의 관계이기도 하다. 이러한 관계를 화자는 결론처럼 말한다. "생을 지그시 감고 삶을 호흡하는 자연의 섭리"로 귀결시킨다. 화자는 "장미와 찔레꽃"에서, "카르멘의 엇갈림"을 읽어내고, 나아가 "골고다 언덕"으로 끌려가는 "예수님"의 피 흘리는 "면류관"으로 보고 있다. 그 귀결점은 시인이 오랜 동안 담아온 종교적 안온을 발현해온 노정일 터이다.

그의 시는 모순된 사물에 대하여 인식의 폭을 넓고 깊게 하는 힘이 있다. 하여, 상이한 대상을 동류로 파악해내는 모티프 즉 기미機微의 지혜도 나타난다. "애초부터 몸에 밴" 자신만의 "소유의 섭리"가 되는 결기를 통해 "원죄를 갚아가는 삶"으로 이어가는 종교관을 피력하는 것이다.

Ⅲ. 귀거래의 달관이 이룩한 건강한 문학

시대 따라 점철된 인생 음미하며
곳곳에 씨앗 채비 못하고
이마에 주홍글씨 안고 수구초심 찾아 왔다

타관살이 바람 따라 떠돌다
만학으로 깨친 시인 칭호 얻어
고향 땅에 시 사랑(舍嗣) 열고 시(詩) 씨앗 심으며
탯자리에 다시 내 육신 묻으리라

남산 공원 달밤에 어이 올라
추억 곳간 뒤척여도 옛 흥취는 어둠만 곳곳
그렇게 울어대는 곤충들도 잠잠
수풀 속의 돌 두꺼비도 온데 간데

의구한 산천에 귀퉁이 삭은 흑백 사진들만
허허로운 가슴 수포되어 빙빙
그리움은 기다리지 않고
기다림은 그리워하지 않는구나

그래도 추억 되새김하면서
내 고향 아버지 품 안에서 오래 오래
무은(務隱)이란 아호 얻어 사랑하는 내 자랑
알콩달콩 부대끼며 평생 살리라

그리고
산채박주 준비하여 옛 친구 바람으로 청(請)해
선인들의 흔적 쫓아 귀거래사 읊어 나누며
고고한 시향 풍기는 시(詩) 씨앗 기르리라.

- 〈귀거래사〉 전문

이 시에 이르러 그의 노년은 더 여유롭고 더 만연해지고 있다. 만학으로 깨우 친 시인으로 다시 태어나 고향에 머물며 "산채 박주"와 "선인들의 흔적"을 찾고 "시향"을 "풍기는 시 씨앗을 기르"며 살아가는 일관성이 볼만하다. 시인이 말한 대로 도연명陶淵明의 「귀거래사」와 견줄 수 있는 풍류로도 손색이 없고 소동파蘇東坡의 적벽부赤壁賦로 나아가는 연관성도 있다.

무릇 시란 생명력을 얻고 싶어 하는 게 상정常情이다. 생명력 추구는 시가 의도하는 기본적 욕구이자 미학이다. 어떤 시인의 시든 그것을 갈구하는 이치가 같기 마련이다.

이처럼 이창민 시인의 시들은 대체로 여유와 관조와 여백, 자신의 생명력을 표출하는 통일된 이미지로 가는 길을 읽을 수 있다.

미국의 아치볼드 맥리쉬(Archibald Macleish, 1892~1982)의 「시법」詩法에서는 매타 언어로 간략히 시를 정리해 보여준다. 즉 난삽한 용어로 설명한 기존의 창작 입문서 보다는 직접적인 의미 전달이 분명해야 독자가 바로 알아차리게 된다는 것이다. 그는 「시법」이란 시에서, "시는 의미하지 않고 존재해야 한다"(A poem should not But be.)고 하였다.* 즉, 시적 존재에 생명력을 부여하는 것이 시

---

* 아치볼드 맥리쉬의 시 「시법」 : "시는 둥근 과일처럼/감촉할 수 있고 묵묵해야 한다//엄지에 만져지는 오래된 메달처럼/말이 없어야 한다//이끼 자란 창턱의/소매에 닳은 돌처럼 침묵해야 한다//시는 새의 비상처럼/말이

인의 일차적 일임과 감각의 초점화를 위해 독자성이 드러나야 한다는 점을 강조한 것이다.

> 한포기 마음으로
> 한포기 순수 안에서
>
> 한포기 소박함으로
> 순하디 순한 무욕으로 태어났다
>
> 애착도 아니
> 물욕은 더더구나
>
> 그윽한 향이 좋아
> 안빈낙도로 돌아가게
>
> 난을 가두지 말고
> 난을 난같이
>
> 난의 마음으로 몰입하여
> 그저 그렇게 자연으로 놔둬라.
>
> - 〈소심素心〉 전문

난을 기르는 일은 우선 정갈한 심정을 유도한다. 청순한 자태와 느긋한 여유가 풍기는 삶에서 구체화, 의미화

없어야 한다//시는 달이 떠오르듯/시간 속에 정지하고 있어야 한다//달이 밤에 얽힌 나무들에서/가지를 하나씩 풀어주며 마음은 떠나야 한다…(중략)//시는 무엇과 동등해야지/충실해야 하는 게 아니다//슬픔의 긴 사연에는/빈 문간과 단풍잎 하나/사랑을 위해선/기울어진 풀잎과 바다 위의 두 개의 별빛…//시는 의미할 것이 아니라/존재해야 한다."

된다. 따스한 봄 산자락에 소담하게 자리해 "사람들의 마음을 흔드는" 난을 보며, 화자는 서재에 모셔온 나만의 난에게 미안한 마음을 갖는다. 난은 모름지기 "한포기 소박함"으로 태어나 무후의 "순하디 순한 무욕"을 실천한다. 난을 좋아하여 "애착"으로 기르지만 "물욕"이 생기는 건 아니다. 난을 보고 있으면 우선 "그윽한 향"을 누리게 하고, 자신을 "안빈낙도"로 "돌아가게"도 한다. 도연명의 「귀거래사」가 자연으로 돌아가는 삶을 의미한다면, 이 시인의 「소심」은 그 귀거래를 통해 안빈으로 갈 자신에게 다른 기회를 주고자 한다.

그래서 화자는 집안에 "난을 가두지 말고" 자연에 묻히도록 "놔둬라"고 권한다. 이는 화자만의 초점화된 이미지다. 단순히 난의 미화만 아닌, 자연으로 되돌리는 자비의 의미를 강조한 것이다. 이를 통해 화자는 자연의 모습 그대로를 바라보는 눈과 마음이 중요함을 일깨워 준다. 자연의 순수함을 적시하는 이 시는 동양적인 품격으로 화자의 "안빈낙도"적 삶의 자체가 목적임을 자증해 주기도 한다.

IV. 이미지의 재편성과 가정에의 헌사

그 집에 이(李)가와 오(吳)가가 살고 있네
어느 봄날 새벽녘
가시버시 정답게 오이 씨앗 잉태하여
때 맞춰 꼭 닮은 오이 주렁주렁 태어났네

그들은 아옹다옹
왜 이오가 아니고 오이일까
예부터 버시가 먼저인데
지금은 가시가 앞장설까
오이가 오이(忤耳)로 들리나

남잔 앞만 보고 덩굴 따라 살았건만
여잔 뒤치다꺼리 섬기며 노란 꽃피웠건만
세상 이치 나만 몰랐을까
모르는 이치 더 배워야 하나

오가와 이가는 티격태격
오이 안주 만들어
이오 반주 곁들여 둘 다 곁에 두고
단꿈에 푹 빠졌다네
그 뒤 삼식이는 너무도 편했다네.

- 〈오(吳)씨와 이(李)씨〉 전문

이李와 오吳의 관계적 풍자가 끌어내는 음미가 읽혀지는 시다. 이들 부부는 이李가와 오吳가의 결합으로 이어졌다. 시에서 감각을 지탱해 주는 힘은 두 성씨의 결합에 있지만 결국 "씨앗 잉태", 나아가 대가족을 이루고자 하는 가문 번성에 있다. 출발은 인연을 통해 이루어진 가정에 "어느 봄날 새벽녘"에 서로 사랑하여 "가시버시 정답게" 관계하여 "오이 씨앗을 잉태"한다. 열 달을 기다린 후 "때 맞춰" 자신들을 "꼭 닮은 열매"로 "오이가 주렁주렁 태어나"게 된다. 하여 이가와 오가는 단란한 가정을 이루게 된다. 하지만 남편이 주가 된 이오였고, 그런 "이오"로 앞만 보고 살아온 걸 반성한다. 남자는 사업으로 앞의 덩굴 따라만 살았고, 여자는 그것을 뒤치다꺼리하고 섬기며 노란 꽃을 피웠다. 아내는 세상 이치를 자기만 몰랐다고 하소연한다. 모르는 이치를 얼마나 더 배워야 할까. 이제부터 부인이 주는 "이오 반주"를 "곁들여 둘 다 곁에 두고" 황혼의 "단꿈에 푹 빠지"기도 한다. 그래서 남자 "삼식이는 너무도 편"하게 지낸다. 그는 지나온 자신의 편력을 희극적으로 펼친다.

이 시는 스토리텔링으로 쓰여진 구수한 담론시다. 특히 "이오 반주 곁들여 둘 다 곁에 두고" 사는 부모의 재미는 다른 가족에겐 그리 흔치 않은 일인데, 알콩달콩 이어가는 모습이 옛 대가족제도를 보는 듯도 하다.

그대
살다
힘들면

나 기꺼이 지게 되리라

그대
살다
역겨우면
나 기꺼이 광대 되리라

그대
살고 싶다
죽어지고 살고지고
그림자 뒤에 어둠 되리라

그래도
원 없이 죽고 살며
그대 가는 길
고즈넉이 마중하리라.

- 〈사랑의 미로〉 전문

그대에게 다가가는 사랑은 그대를 위해 "지게"와 "광대"
가 되고, 그대를 위해 죽어서도 그대를 따르는 "어둠"이
되리라. 그대를 "마중"하는 일, 힘들고 역겨운 나날을 이
기며, "살고지고", 그래 "원 없이 죽고 사는" 그대에 향하
는 경도傾倒가 헌사獻詞의 문장처럼 구사된다. 이창민 시
인이 말한 "그대에게 가는 길"이 우리 모두에게도 그렇게
열렸으면 싶다.

그대를 위해 화자가 되고자 하는 것은, "그대"가 "힘들
때" [지게]→ "그대"가 "역겨워" 할 때 [광대]→ 죽어지고

살고지고의 "그림자 뒤"에 [어둠]→ "그대 가는 길"의 "고
즈넉이" 가는 [마중] 등이다. 이렇듯 화자는 '지게', '광대',
'어둠', '마중'의 시적 이미지를 재편성해 나간다. 이 시는
한 여자를 위해 헌신해야 할 남자로서의 구실을 구체화한
시다. 늘그막에 부르는 연가戀歌가 이토록 아름다운 것은
이미지 재편에서 "그대"가 클로즈업되어 더 빛나는 이유
에서이다.

V. 나오는 말

이상에서 살펴 본 바, 그의 시는 고향과 자연, 그리고
부부애의 헌정獻呈에 기초한 서정적이며 서사적인 메카니
즘에 의해 아름다운 생태 묘사로 직조되어 있다. 시가 내
용과 이미지를 '인 푸트'로 압축하여, 감동적인 산물인 '아
웃 푸트'로 드러낸다는 과정임을 고려할 때, 그의 시는 우
선 환경적으로 건강한 시이며, 생태적으로 진보적인 시라
할 수 있다. 비유에서 '기표'와 '기의' 사이를 의미적으로
연계한 구성 또한 탄탄한 짜임을 보인다. 그러므로 이창
민 시인은 고향의 존재 의의와 그 생명력을 북돋우고 배
려하는 전원시인으로 자리함에 오늘의 시적 성과로 기록
할 수 있겠다.

겨울비가 내리는 오후 그를 만나는 식탁이 풍요로웠던 기억을 되새기며, 오랜 사랑방 짚방석의 집념과 같은 그의 원고를 펼쳤다. 그래, "하얀 고무신"을 신고 "봄의 정령"이 풍기는 기운을 받아 "만리포 수목원"에서부터 "디딤돌 회상"과 "금남로 은행나무"와 "양림동 거리"를 지나 "여미 마을"과 같은 "절라도 땅으로 얼룽 오랑께"까지의 촘촘한 그의 시를 읽었다. 남도의 정서를 옮겨내는 데 익숙한 그의 글발을 보듬고 "비를 마중하며" 잠시 차를 마신 후 "시 씨앗 사랑방"으로 돌아갔다.

문득 이제 그 사랑방을 나오며, 지고至高의 상념으로 일상을 뒤척이는 시의 밭을 꾸준히 일구고, 때맞추어 소득을 즐길 '귀거래사'가 더 풍요해지기를 소망한다.